STATION AQUICOLE DE BOULOGNE-SUR-MER.

I0548470

PROJET D'ORGANISATION

D'UNE

ÉCOLE PROFESSIONNELLE DES PÊCHES MARITIMES,

Annexée à la Station Aquicole,

RÉDIGÉ PAR

EUGÈNE CANU,

Directeur.

BOULOGNE-SUR-MER

Société Typographique et Lithographique rue Adolphe-Thiers, 35-37
Directeur : A. BARET

—

1896

PROJET D'ORGANISATION

D'UNE

ÉCOLE PROFESSIONNELLE DES PÊCHES MARITIMES,

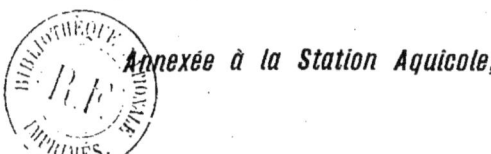

Annexée à la Station Aquicole,

RÉDIGÉ PAR

EUGÈNE CANU,

Directeur.

BOULOGNE-SUR-MER

Société Typographique et Lithographique rue Adolphe-Thiers, 35-37
Directeur : A. BARET

1896

ÉCOLE PROFESSIONNELLE DES PÊCHES MARITIMES,

PAR

EUGÈNE CANU,

Directeur de la Station Aquicole de Boulogne-sur-Mer.

Les pêches maritimes ne possèdent actuellement en France aucune école véritablement organisée pour l'enseignement pratique de cette industrie.

Tandis que les professions relatives aux industries du bois et du fer, à l'agriculture et à la préparation des produits de la ferme ont été largement dotées, par différentes administrations, d'écoles pratiques destinées à l'enseignement méthodique et raisonné des différents métiers, nos pêcheurs ne trouvent pas, même dans les grands centres, une école d'apprentissage où les jeunes gens pourvus d'une instruction élémentaire suffisante puissent acquérir les connaissances techniques propres à faciliter l'exercice de la profession.

Dans l'essor que prend de toutes parts l'enseignement professionnel, convient-il de laisser l'industrie des pêches maritimes ainsi dépourvue ?

Déjà, l'exemple des nations étrangères les plus soucieuses du développement et de la prospérité de la pêche tendrait, à lui seul, à nous faire adopter l'opinion contraire : En Angleterre, en Allemagne,... il existe des écoles professionnelles pour la pêche en mer.

D'autre part, n'avons-nous point le souci de veiller au recrutement facile des patrons et des matelots habiles et instruits que nécessitent les nombreux bateaux-pêcheurs d'un tonnage élevé qui se construisent dans nos ports les plus prospères ? La moindre gêne dans la composition des équipages de cette flottille de pêche est capable de ralentir l'essor de notre industrie et de compromettre le développement du commerce de poissons ; le bien-être de la population maritime et l'alimentation publique en ressentiraient tout d'abord le contre-coup. De plus, la diffusion des connaissances techniques relatives à la navigation et au travail des lieux de pêche auront le précieux résultat de diminuer encore les grands dangers de la pêche en haute mer et de restreindre les risques supportés par les pêcheurs eux-mêmes.

C'est dans cette pensée que des hommes charitables, soucieux du bien-être et de la vie du marin en même temps que de la prospérité des industries nationales, ont pris, il y a moins d'une année, l'initiative de la création d'écoles professionnelles de pêche en France. — La Société d'enseignement professionnel et technique des pêches maritimes ainsi fondée à Paris en février 1895, fait une active propagande pour réunir les moyens propres à assurer la réalisation de ses projets, et ses efforts ont reçu l'approbation de la presse boulonnaise *(Impartial* du 9 mars 1885 ; *France du Nord* du 9 août 1895 ..). Déjà, des cours relatifs à l'usage des instruments nautiques et à l'emploi des cartes marines ont été organisés sous ses auspices à l'île de Groix, et une école municipale des pêches maritimes est en voie de formation aux Sables d'Olonne.

D'autre part, la Société d'enseignement professionnel des pêches a adopté, en principe, le projet de création d'une école supérieure de pêche qui serait annexée à la Station Aquicole de Boulogne-sur-Mer et organisée suivant le programme que nous lui avons soumis ; une subvention spéciale est d'avance promise à cette œuvre (Journal de la marine *Le Yacht*, nᵒ du 10 août 1895. — *Revue du sauvetage.* nᵒˢ 23 et 24).

Enfin, et sur sa demande motivée, le Directeur de la Station Aquicole de Boulogne a été chargé par M. Tisserand, Conseiller d'Etat, Directeur de l'Agriculture au Ministère, d'étudier les conditions d'organisation d'une école pratique des pêches maritimes adaptée aux besoins de la région du Nord, de recueillir sur la fondation projetée les avis et les dispositions des Administrations, Chambres de Commerce, Syndicats d'Armateurs, etc... intéressés dans cette question.

ORGANISATION DE L'ÉCOLE PRATIQUE DES PÊCHES MARITIMES

L'école professionnelle de pêche que nous proposons d'organiser doit être UNE ÉCOLE ESSENTIELLEMENT PRATIQUE, et, pour cette raison, nous trouvons qu'elle doit disposer d'un bateau-école convenablement armé et équipé pour la démonstration des procédés de pêche et pour les croisières de pilotage et de pratique professionnelle (sondages, étude de la marche des courants, etc.) sur les lieux de pêche de la Mer du Nord, de la Manche et de l'Atlantique qui sont fréquentés par les pêcheurs de notre région.

Examinons quelques-unes des exigences qui nous imposent le choix d'une école flottante.

En matière de navigation, la pêche moderne n'exige pas seulement les connaissances élémentaires sur les observations astronomiques à la mer, l'usage de instruments nautiques, la lecture des cartes et des instructions nautiques qui peuvent être théoriquement enseignées à terre. Elle nécessite principalement des connaissances exactes et précises sur le pilotage des lieux de pêche, sur la disposition et les caractères des fonds de pêche, sur la nature et la direction des courants, toutes choses que l'école à terre ne peut donner et qu'on enseigne seulement par la pratique. D'ailleurs, les connaissances théoriques sur ces matières n'ont elles-mêmes de valeur réelle qui si elles reposent sur la confiance naturellement amenée, dans l'esprit de quiconque les emploie, par l'épreuve et le contrôle fréquents des méthodes ici considérées. A bord du bateau-école que nous croyons indispensable, cette mise à l'épreuve des méthodes théoriques sera journellement pratiquée par les élèves qui acquerront à la fois la connaissance parfaite des procédés et la confiance dans leurs renseignements.

En matière de technique des pêches, la connaissance des procédés de capture et, de conservation du poisson ne peut rester limitée aux méthodes répandues dans notre région, quelles que soient d'ailleurs leur perfection et leur importance. Aussi, après une première étude de ces procédés, les élèves de l'école doivent-ils être conduits en mer, çà et là, sur nos côtes et à l'étranger pour *l'étude sur place*, dans un but d'utilisation pratique, des moyens usités pour la pêche des espèces comestibles qui alimentent notre marché. Ils seraient exercés ainsi à la confection et à l'emploi de ces engins, de manière à faciliter l'introduction de méthodes qui peuvent paraître dans l'avenir plus favorables au développement de notre industrie ou à l'exploitation de nouveaux fonds de pêche, etc...

Dans les écoles d'agriculture ou d'horticulture où l'on exerce les futurs cultivateurs et jardiniers à l'emploi des plantations et des assolements ou bien au choix des espèces cultivables qui prospèrent à l'étranger, on fait apprécier pratiquement par les élèves les avantages de ces méthodes d'après le résultat même de leur travail sur les champs d'expérience. Il nous semble aussi logique de faire connaître à nos futurs chalutiers les avantages du chalut sans perche *(Otter-trawl* ou *Snurrevaad)*, comparé au chalut à perche et à patins, avec la nature des fonds de pêche où cette modification de l'engin est utile ou favorable à leur travail ; il nous semble également utile de leur enseigner les dispositions spéciales des mailles du chalut qui sont préconisés en Angleterre et en Allemagne pour diminuer la destruction des petits poissons, etc. ; de même à l'égard des pêcheurs aux filets dérivants, pour la nouvelle méthode hollandaise relative à la pêche des harengs, anchois, etc., dans le chenal des estuaires traversés par des courants irréguliers et violents ; et, à l'égard des cordiers, pour les différents procédés de préparation et de conservation des amorces. — Enfin, ne faut-il point éclairer ces hommes aussi exactement que possible sur la question toujours pendante de la destruction du fretin par les filets à crevettes, sur les moyens préconisés pour l'atténuer dans divers milieux intéressés à la pêche en France et à l'étranger ? Ne faut-il point encore leur faire suivre les conditions de reproduction et de croissance des animaux marins, et en général les conditions d'existence qui provoquent les allées et venues du poisson ? Il y a là bien des points qui touchent profondément à la prospérité de leur travail, à l'avenir de leur métier.

Toutes ces choses trouvent donc leur place dans le programme de notre école, où cette partie de l'enseignement sera donnée d'une manière tout-à-fait pratique, c'est-à-dire par des explications basées sur l'expérience directe, par l'enseignement même des faits pris dans la nature, et non point par des lectures et des conférences.

Dans ces conditions, le programme à suivre se résume de la façon suivante, sous réserve des modifications que l'expérience peut indiquer.

PROGRAMME DE L'ENSEIGNEMENT

1ʳᵉ partie. — Construction et armement des bateaux de pêche.

Notions générales sur les types de navires employés à la pêche dans la région du Nord de la France, leurs relations avec les différentes pêches. — Coque, gréement et voilure. — Plans et modèles.

Aménagement intérieur des bâtiments de pêche. — Lest. Cales. Glacières. Soutes aux provisions. Logement de l'équipage.

Comparaisons avec les genres de bâtiments employés aux mêmes usages à l'étranger. Indication raisonnée des particularités recommandables de chacun d'eux.

Nature et résistance des matériaux de construction. Entretien et conservation. Doublages, peintures et vernis.

Notions élémentaires de mécanique du navire.

Flottaison. Tirant d'eau. Assiette. Quille et dérive. Déplacement et jauge du bâtiment. Stabilité. Arrimage du chargement à bord du bateau de pêche.

Gouvernail. Stabilité de route.

Avirons. Godille.

Navigation à la voile. — Force propulsive et centre d'effort de la voilure.

— Démonstrations raisonnées au cours de manœuvres d'embarcation, particuliérement en ce qui concerne les allures, les évolutions et la stabilité sous voiles.

Navigation à vapeur. Roues. Hélice. Effet de l'hélice sur le gouvernail. Exemples de giration. Instruction pratique des élèves embarqués à bord des batiments du port.

Remorquage. Halage à la cordelle.

Chaudières et machines à vapeur.

Foyers et générateurs de vapeur des types principaux. Manomètres. Niveau d'eau. Soupapes. Prises de vapeur. Conduites de vapeur. Joints.

Cylindres et pistons. Tiroir. Condenseurs. Bielle, Manivelle. Arbre de couche. Principaux organes accessoires. Chauffe et alimentation des chaudières. Pompes. Graissage, mise en train et conduite de la machine. Nettoyage et entretien. Explications pratiques à bord des vapeurs de pêche ou des remorqueurs du port. Consommation, travail et puissance des machines. Essais règlementaires.

Guindeaux, treuils et cabestans à bras et à vapeur. Pratique approfondie de la conduite, de l'entretien, du montage et du démontage de ces engins.

Exemples d'application des moteurs à gaz ou à pétrole.

2ᵐᵉ partie. — Navigation et Conduite du Navire.

Lecture et usage des *cartes marines* et des *instructions nautiques.* — *Code international des signaux.* Signaux spéciaux pour correspondre avec les croiseurs chargés de la police et de la surveillance des pêches dans la Mer du Nord.

Règlements pour prévenir les collisions en mer. Feux des navires en marche, à l'ancre ou en pêche. Manœuvres édictées pour prévenir les abordages par les règlements internationaux et par les règlements complémentaires de plusieurs nations maritimes (voir aussi 5ᵐᵉ partie. Règlementation et législation...)

Description et emploi des instruments nautiques. — Plombs et ligne de sonde. — Sondeur mécanique. — Lochs. — Compas. — Sextant et Octant. — Montres et Chronomètres.

Point estimé sur la carte et sur le livre de bord, avec toute l'exactitude possible. — Chemin parcouru en longitude et en latitude. — Table de point.

Point observé. — Latitude par hauteur méridienne du soleil; latitude par la polaire. — Longitude par l'heure du lieu et l'heure de Paris, à midi vrai calculé par deux hauteurs circumméridiennes égales du soleil.

Calculs de l'heure du bord. — Réglage de la montre à secondes ou des chronomètres sur l'heure locale ou sur l'heure de Paris par des hauteurs correspondantes du soleil, d'après l'heure vraie en un point de longitude connue, par les signaux horaires.

Régulation et compensation des compas. — Mesure de la variation à la mer par le lever et le coucher vrais du soleil, par la polaire. — Usage dans ce but des tables astronomiques et de la connaissance des temps.

Eléments très-simples sur la *physique du globe* et la *météorologie nautique*, au strict point de vue de leurs applications.

Composition et transparence des eaux. — Courants principaux. — Marées; courants de marée; leurs variations en vitesse et en direction. Hauteur de l'eau sur un point déterminé d'après les indications de la carte et de l'Annuaire des marées. Rapporter une sonde au zéro des cartes françaises ou étrangères. — Etude pratique très-approfondie de toutes ces données sur les lieux de pêche.

Magnétisme terrestre. — Ses variations géographiques et leurs conséquences au point de vue de la déviation du compas.

Baromètres et thermomètres. — Leurs indications à l'approche du mauvais temps. Signaux de tempête sur les côtes de l'Atlantique, de la Manche et de la Mer du Nord.

Manœuvres préférables indiquées en cas de mauvais temps, pour fuir ou tenir la cape. — Marche des cyclones. — "Drômer" en cas de mauvais temps sur des filets flottants ou sur une ancre flottante. — Filer de l'huile dans les différentes circonstances de temps et de lieux.

Atterrissage d'une embarcation dans les brisants par gros temps. — Exercices.

Manœuvres et engins de sauvetage en pleine mer et à la côte. — Etude du Manuel de sauvetage de la Société de Sauvetage des Naufragés.— Exercices.

Réparations des avaries du bateau de pêche. — Echouements et voies d'eau. — Mâts de fortune, etc.

3ᵐᵉ partie. — Pratique des pêches.

A. *Saisons et lieux de pêche.* — Position géographique, caractères physiques des lieux de pêche de la Manche, de la Mer du Nord et de l'Atlantique (côtes d'Irlande, d'Angleterre et de Bretagne). — Epoques et produits de leur exploitation. — Cartes des lieux de pêche. Analyse des données étrangères sur ces matières importantes de l'enseignement professionnel, et applications pratiques répétées sur les lieux de pêche de quelque importance. Notions spéciales de pilotage sur les lieux de pêche les plus fréquentés à l'approche des limites territoriales de Belgique, Angleterre, Hollande, etc., et sur les fonds de chalutage en même situation, auprès de la côte française.

B. *Composition et usage des engins de pêche.* — Matériaux et appareils.— Fils. — Cordages. — Cables et chaînes. — Ancres. — Grappins. — Flotteurs et bouées. — Nombreux exercices de matelotage appropriés au gréement du bateau et des engins de pêche.

Nomenclature, montage et entretien des ustensiles de pêche. — Hameçons. Lignes. Cordes. Dragues. Chaluts. Seines. — Tramails. Parcs. Folles et Demi-Folles. Filets flottants et dérivants ; manets, etc. — Ramandage des filets.

Instructions pratiques sur la manœuvre des engins à bord des embarcations suivant les différentes circonstances des fonds, du vent et des courants.

Amorçage des lignes. — Choix et recherche des amorces.

Durée de service et résistance des différentes pièces du gréement de

pêche. — Cables, cordages, filets et accessoires. Procédés usités en vue de
leur conservation. Tannage (cachou, coaltar, huiles, sels métalliques). Usure
et dépréciation.

Comparaisons entre les méthodes françaises et celles de l'étranger qui
correspondent sensiblement aux mêmes exigences. — Structure et manœuvre
des engins spéciaux.

Dans toutes ces matières, l'instruction pratique des élèves sera poussée
aussi loin que possible, de manière à développer complètement l'adresse
manuelle et les aptitudes de chacun d'eux.

4me partie. — Préparation et conservation du poisson.

Espèces et qualités des poissons recueillis, par saisons et par localités.
Mise en vivier du poisson vivant.
Conservation par la glace. — Glaçage et mise en timbres, à bord.
Salaisons à bord. Sels et saumure.
Mise en caisses, en barils et en grenier des poissons glacés ou salés.
Préparation des huiles et des peaux.
Détériorations des poissons glacés ou salés. — Soins à donner aux barils,
etc. — Rouge de morue.
Inspection sanitaire des marchandises livrées à l'alimentation publique.
Démonstrations pratiques de quelques préparations répandues à l'étranger,
dans les régions analogues au point de vue des produits de la pêche.—Harengs
salés à la manière hollandaise, embarillés à la manière norvégienne et suédoise.
—Maquereaux salés à l'américaine. Sprats salés et anchoités. Congélation des
poissons....etc.

5me partie. — Règlementation de la navigation et des pêches.

Convention internationale pour empêcher les collisions en mer *(Rule of
the Road)*. — Convention de La Haye de 1882, pour la navigation et la pêche

dans la Mer du Nord. — Convention franco-anglaise de 1839 et loi du 23 juin 1846, pour les lieux de pêche et la pêche dans la Manche. — Lois et décrets relatifs à la pêche côtière dans le Nord de la France (loi du 9 janvier 1852, décrets du 4 juillet 1853 et du 10 mai 1862,....etc.) Législation et pénalités en matière de pêches maritimes et d'embarquement.

Limites territoriales. — Indication particulières sur les lieux de pêche qui les avoisinent, pour éviter les contraventions par surprise.

Genres de pêche et engins autorisés ou prohibés. Saisons de clôture de la pêche pour certaines espèces de poissons, de crustacés et de coquillages. — Limites de taille prescrites pour la capture et la vente de quelques espèces comestibles en France, en Belgique, en Angleterre, en Danemark, en Allemagne, en Hollande.

Signes distinctifs des bateaux et engins de pêche. Lumières et signaux internationaux correspondant aux différents genres de pêches ; dispositions spéciales à plusieurs nations maritimes (chalutiers à vapeur des Iles Britanniques ; Pêcheurs à la Seine en eau profonde du Danemark ; Pêcheurs aux grandes cordes de Hollande).

6ᵐᵉ partie. — Economie générale des pêches.

Rendements et statistiques des pêches maritimes. Vente des produits. — Halles et marchés. — Leur réglementation aux lieux de vente les plus fréquentés par les pêcheurs de la région, tant en France qu'à l'étranger. Relâches et ravitaillement. Droits de Douane et de port.

Echange monétaire.

Comptabilité spéciale du bateau de pêche. — Salaires et parts de pêche.

Prêts et amortissements. — Risques et avaries. — Assurances. — Mutualité. — Organisation des sociétés d'assurances et de secours mutuels existantes entre les pêcheurs.

7ᵐᵉ partie. — **Soins aux malades et blessés à bord.**

Explications pratiques sur des notions succinctes d'hygiène maritime applicables à bord des bateaux de pêche. — Prophylaxie des maladies contagieuses. Mesures préventives.

Soins à donner aux noyés. Connaissance complète des méthodes employées pour les rappeler à la vie. Exercices pratiques fréquemment répétés sur la respiration artificielle.

Premiers soins à donner aux malades et blessés à bord. — Composition et usage d'un coffre à médicaments à la fois simple et pratique. — Application des pansements. Exercices.

FONCTIONNEMENT DE L'ÉCOLE

Ce programme serait, nous l'avons dit, appliqué d'une manière essentiellement pratique.

Apprentis. — Les élèves — jeunes gens de 14 à 18 ans, comptant déjà plusieurs mois d'embarquement comme mousses à bord des bateaux de pêche — seraient choisis parmi les postulants après un examen portant sur la langue française, l'arithmétique et la géographie élémentaires, à moins qu'ils ne possèdent le brevet du certificat d'études primaires, lequel donnerait droit à l'entrée.

Les boursiers seraient nommés au concours sur les bases du certificat d'études, et la possession de ce brevet constituerait un avantage pour les candidats sous forme d'une certaine majoration des points obtenus dans l'examen.

La durée des études semble devoir être de 18 mois à 2 ans. Elle pourrait être prolongée ou restreinte, dans certains cas, avec l'assentiment de la direction.

Embarqués à bord du bateau-école de tonnage suffisant (35 à 40 tonneaux au moins) pour les croisières à effectuer et aménagé pour le service mixte à remplir, les élèves, au nombre de 12 à 15 suivant les ressources, constitueraient, avec leurs instructeurs, un équipage parfaitement apte au genre de navigation et aux études dont il s'agit.

La Station Aquicole de Boulogne fournirait le personnel nécessaire à l'enseignement théorique et pratique. — Le Directeur se chargerait lui-même de toutes les données relatives aux notions astronomiques, à l'emploi des cartes et des instruments nautiques, à la règlementation, aux procédés étrangers et nouveaux, etc... — Il s'adjoindrait des instructeurs choisis pour les diverses spécialités d'ordre exclusivement pratique, comme la connaissance des fonds et du brassiage sur les lieux de pêche, la connaissance des courants, les travaux de matelotage (gabier et gréeur), la tonnellerie, la manœuvre des engins de sauvetage. — En ce qui concerne la conduite et l'entretien des machines à vapeur, les élèves pourraient profiter des leçons faites à l'Ecole pratique d'industrie de Boulogne ainsi qu'a bien voulu nous le faire savoir M. Farjon, inspecteur départemental de l'enseignement industriel. Ils seraient ensuite embarqués en corvée pendant quelques sorties à bord des vapeurs de pêche du port. — Deux pêcheurs expérimentés au service de la station et connaissant parfaitement les pêches et les méthodes de la région, seraient attachés d'une manière continue à la conduite et à l'instruction des élèves dans les exercices pratiques ; ils auraient également le soin de leur entretien à bord.

Les frais d'entretien du bateau et les frais d'étude (cartes pour le pilotage et les fonds de pêche, filets et engins de pêche, cordages, agrès et apparaux pour les exercices de matelotage, glace, sel, etc...) seraient pris sur les ressources de la Station aquicole et sur les subventions spécialement accordées à l'Ecole à cet effet. — Les frais d'entretien des élèves seraient fournis par les recettes mêmes de l'Ecole (bourses d'entretien votées par les pouvoirs publics ou concédées par les particuliers ; montant de la pension des élèves payants). — Sauf les frais résultant de la vie matérielle des élèves entretenus à bord, l'enseignement de l'école reste donc absolument gratuit. C'est un point sur lequel nous devons appeler l'attention. Par là, notre école pratique des pêches maritimes se rapproche complètement des conditions ordinaires des écoles d'apprentissage en France, lesquelles sont subventionnées par les pouvoirs publics et par différentes administrations en vue de la gratuité de leurs études.

Adultes. — En outre de son fonctionnement régulier dans l'instruction professionnelle des apprentis-pêcheurs, l'École pratique des pêches mettrait à la disposition des adultes occupés à bord des bateaux de pêche et désireux de connaître telle ou telle partie de son programme, toute les facilités et toutes les ressources en son pouvoir.

Des explications et des démonstrations pratiques seraient spécialement fournies aux pêcheurs embarqués dans les rares époques de liberté que leur laisse le chômage des bateaux de pêche; et il en serait de même en mer, dans toutes les occasions favorables sur les lieux de pêche. — Des séjours spéciaux du bateau-école dans divers ports de l'arrondissement maritime seraient arrangés de concert avec les intéressés pour faciliter cet enseignement pratique des adultes.

Examinons maintenant, à titre d'exemples, quelques-uns des détails relatifs à la marche de l'instruction des apprentis.

Dès leur entrée à l'école, les élèves sont instruits sur les notions les plus indispensables à la compréhension de la navigation, sur la connaissance du compas, l'évaluation des distances, les indications à tirer des sondages, etc. De plus, ils sont particulièrement attachés à la pratique des travaux du gréement et au ramandage des filets.

Dès qu'ils connaissent suffisamment ces éléments indispensables à leur participation aux travaux du bord, l'instruction générale prend son cours normal, sous forme d'explications simples et claires sur les différents points signalés au programme, explications immédiatement suivies de la démonstration pratique ou de l'application par les élèves eux-mêmes des principes et des méthodes enseignées.

Les travaux à la mer alternent dans cette période d'instruction générale avec l'enseignement des matières qui exigent la présence des élèves à terre (visite des chantiers, travail et entretien des machines, barils, caisses, etc.) Le bateau-école exécute en rade ou dans des différents ports choisis *ad hoc* des séjours qui facilitent l'instruction pratique des élèves sur certains points particuliers (mise d'un bâtiment en cale sèche, etc...) ; il se rend même dans les ports étrangers pourvus de facilités spéciales et toutes les occasions y sont recherchées en faveur de l'enseignement avec le concours du personnel des consulats français et l'aide des hommes spéciaux (constructeurs, armateurs, etc.)

Plus tard, lorsque les élèves ont parcouru la partie fondamentale du programme et qu'ils connaissent tous les éléments pour ainsi dire théoriques de cette instruction, la marche de l'enseignement entre dans une voie toute différente ; l'école prend alors son véritable caractère d'*école d'application*, avec les tendances qu'il importe au plus haut point de ne pas négliger en vue de la pratique rationnelle des méthodes enseignées.

Les croisières de pilotage commencent sous la direction d'instructeurs spéciaux, pratiques éprouvés choisis dans chaque région, à qui incombe le soin de faire *constater et reconnaître* par les élèves tous les détails des fonds, courants, etc., importants pour la pêche. Ensuite les élèves pratiquent eux-mêmes la pêche sur ces fonds, et la conduite des engins leur est entièrement laissée sous la surveillance des instructeurs prêts à corriger leurs erreurs. Des croisières prolongées au milieu des bateaux pêcheurs en travail et des observations répétées sur les sondes, courants. points estimés avec précision, permettent de pousser cette instruction du pilotage appliqué à la pêche aussi loin que possible. Les élèves sont exercés en même temps à relever la carte des fonds fréquentés en complétant et corrigeant les cartes mises à leur disposition ; ils dressent également une sorte de carnet de pilotage d'après les observations qu'ils ont faites sur les lieux de pêche, de même que sur les atterrissages, mouillages, entrées de ports, etc.

Au cours des croisières dans les eaux étrangères, sont étudiés les procédés de pêche spécialement usités dans ces parages lorsqu'ils présentent à notre point de vue une certaine importance ; des modèles en sont acquis pour être copiés par les élèves dans leurs exercices de confection des engins de pêche ; ces procédés sont également mis en pratique au voisinage des bateaux étrangers qui les emploient, et des essais en sont ultérieurement tentés dans les eaux françaises.

En ce qui concerne la navigation proprement dite, les longues routes sont utilisées pour exercer pratiquement les élèves à tirer parti des connaissances qu'ils ont prises relativement aux cartes, livres et instruments nautiques. Les élèves font eux-mêmes la route sous le contrôle des marins expérimentés qui les conduisent ; chacun d'eux fait le point, détermine la variation du compas et tient un livre de bord où il porte ses observations afin de tracer sur une carte qui lui reste personnelle les voyages exécutés. Ainsi les croisières du bateau-école sont pour tous les élèves indistinctement un véritable entraînement dans la pratique des méthodes enseignées.

D'ailleurs, des allées et venues répétées dans les localités importantes tant au point de vue du pilotage qu'au point de vue de la pêche, seront combinées de façon à familiariser les élèves avec les différents points de vue des atterrissages et avec les caractères des fonds et des courants les plus utiles dans la navigation.

En ce qui concerne encore l'utilisation du rendement des pêches proprement dites, les poissons capturés par le bateau-école sont, dans toutes les occasions favorables, soumis par les élèves aux différents procédés de conservation (glace, sel, etc.) recommandés, et cela dans de telles conditions que les apprentis puissent ultérieurement se rendre compte par eux-mêmes de l'état de conservation dans lequel sont restées leurs préparations et que l'on puisse juger, par l'expérience même, des connaissances et des aptitudes personnelles à chacun d'eux en matière de conservation, salaison, embarillage, etc. des poissons.

L'une des questions qui ont le plus d'importance dans l'apprentissage qu'il convient de faire subir aux élèves-pêcheurs, est celle qui a trait à la connaissance des allées et venues des bancs de poissons et aux variations subites ou saisonnières que subit la production des différents lieux de pêche. Pour cette sorte de constatations, au cours d'une saison de pêche profitable, comme la pêche du hareng à l'entrée de la Mer du Nord et dans la Manche en automne et en hiver, comme la pêche du chalut en février-mars...; le bateau-école aura le devoir de se déplacer constamment en naviguant çà-et-là au milieu et aux alentours de la flotille de pêche, afin de recueillir les indications les plus complètes possibles. Tout en étudiant le mode de travail des pêcheurs, les élèves auront l'occasion de se familiariser avec les indices qui signalent l'apparence d'une bonne pêche, et dans certains cas, leur bâtiment pourra chercher au dehors de la zône momentanément exploitée par les pêcheurs une région aux apparences plus favorables. Cette recherche sera même, à titre d'exercice pratique,... considérée comme un devoir toutes les fois que l'industrie de la pêche n'obtiendra qu'un rendement insuffisant. Alors, l'école professionnelle se détachera fréquemment et pour ainsi dire en éclaireur au devant de la flotille de pêche ; — plus libre dans ses allures, elle s'efforcera d'obtenir toute une série d'informations profitables à l'industrie. Dès que des renseignements de ce genre seront obtenus, ils seront portés par les moyens les plus rapides (dèpêches aux sémaghores, pigeons voyageurs, voire même rentrée au port voisin) à la connaissance des industriels intéressés.

Ainsi le bâtiment-école aura le soin d'assurer, dans la limite de ses moyens, un service d'informations utiles à la pêche, particulièrement en ce qui concerne la publication rapide de renseignements concernant les lieux de pêche abondante pour le hareng, le maquereau, la sole, le merlan,..... dans la Mer du Nord, la Manche et en Irlande.

Examens de sortie. — A la fin de leur période d'instructions, les apprentis-élèves de l'Ecole pratique des pêches maritimes passent les examens suivants :

1o Sur les matières relatives à la *navigation* et à la *conduite du navire,* un examen oral devant une commission composée de personnalités particulièrement compétentes (officiers de marine, capitaines au long-cours, pilotes) et du personnel enseignant. La commission aura à tenir compte également des travaux exécutés sur ces matières par chacun des élèves durant son embarquement (tenue du livre de bord ; indication des routes du bâtiment sur la carte, etc.)

2o Sur les matières relatives à la *pêche* et à la *préparation du poisson,* un examen oral et pratique devant une commission de personnalités compétentes (officiers, armateurs, patrons...) et du personnel enseignant.

3o Sur la conduite du *bâtiment à vapeur* et la *composition des machines,* l'examen rendu obligatoire pour les inscrits désireux de commander à la pêche une embarcation à vapeur (Décret du 18 septembre 1893 et Arrêtés ministériels des 8 février 1894 et 10 avril 1895).

Un brevet indiquant les résultats obtenus dans ces divers examens sera accordé à l'élève ayant satifait aux exigences du programme.

Il convient de faire remarquer ici qu'un pareil brevet ne concerne pas toutes les conditions aptes à former un bon patron de pêche. Il y manque forcément la consécration des aptitudes et de l'expérience personnelles, qui ne peut se traduire qu'après une assez longue pratique du métier lui-même.

Admettons seulement que les [apprentis sortant de l'école y aient subi une préparation professionnelle excellente pour leur faciliter l'acquisition de ces connaissances pratiques. Et, de même que les écoles pratiques d'agriculture et d'industrie préparent de jeunes ouvriers plus aptes à former de bons contre-maîtres, nos apprentis brevetés pourront constituer dans l'avenir une phalange de pêcheurs instruits, qui facilitera grandement la formation des patrons de pêche capables de satisfaire aux exigences toujours croissantes de l'industrie moderne.

VOIES ET MOYENS

Pour aboutir à la réalisation du projet qui vient d'être longuement exposé, trois nécessités matérielles s'imposent actuellement :

« 1°.— Obtenir, de M. le Ministre de l'Agriculture, son consentement à la mise en « pratique du rôle dévolu dans le projet à la Station aquicole de Boulogne. »

Cet assentiment ne peut manquer d'être obtenu, sur l'affirmation par les intéressés de l'intérêt que présente cette fondation au point de vue de la pêche maritime.

Nous demandons, en conséquence, aux Chambres de commerce, aux Municipalités de notre littoral, et tout particulièrement encore aux Syndicats d'armateurs de pêche, de vouloir bien examiner le projet que nous leur soumettons ci-dessus et témoigner des avantages qu'ils reconnaissent à la création d'une Ecole d'apprentissage des pêches maritimes.

« 2°.— Réunir les crédits suffisants pour la construction, l'armement et l'équipement
« du bateau indispensable à l'école d'apprentissage. »

La dépense peut varier entre 15,000 et 20,000 francs, suivant l'importance relative qu'il conviendra de donner à l'école. — Cette dépense semble
pouvoir être répartie de la manière suivante entre plusieurs administrations et
personnalités intéressées à divers titres dans la question : l'Etat, les Chambres
de commerce, les Villes et les habitants du littoral.

ETAT. — L'Etat a déjà contribué pour sa part aux dépenses de l'enseignement des pêches; mais il ne dispose pas, à l'heure actuelle, d'une somme suffisante pour subvenir aux frais d'installation de l'Ecole. — Contrairement à
l'opinion courante, le Ministre de la Marine n'a pas le soin d'organiser les
écoles professionnelles de pêche, lesquelles se rattachent plutôt à l'enseignement technique sous la dépendance du Ministère du Commerce. Il est accordé,
pour subsides à cet enseignement des pêches, conformément à la loi sur la
marine marchande (loi du 30 janvier 1893. — Article 12) une partie de la
retenue de 4 %· prélevée sur les primes à la navigation et à la construction
des navires.

Après avoir sollicité un avis favorable de la Chambre de commerce de
Boulogne, nous demanderons une allocation sur ces fonds en faveur de notre
Ecole professionnelle des pêches, et nous espérons que la somme accordée sera
de quelque importance en raison même de l'activité de la navigation et de la
construction des bateaux de pêche dans la région du Nord.

CHAMBRES DE COMMERCE. VILLES. — L'influence de l'Ecole pratique des
pêches maritimes ici décrite peut logiquement s'étendre dans la région du
Nord au littoral des départements du Nord, du Pas-de-Calais, de la Somme
et de la Seine-Inférieure.

Dans cette partie de la côte, entre Dunkerque et Le Tréport par exemple,
les intérêts techniques de la pêche cotière sont à peu près les mêmes en matière de connaissances professionnelles. Dès lors, les différentes administrations
régionales préoccupées du sort des marins et de la prospérité de l'industrie
pourraient s'unir pour collaborer à la réalisation d'une œuvre commune. Nous
solliciterons dans ce but, auprès des Chambres de commerce de cette région

des allocations variables suivant l'importance de chacune d'elles au point de vue de la pêche maritime : le montant des allocations obtenues permettra de fixer d'une manière équitable le nombre de places réservées aux candidats des différents quartiers dans le recrutement des élèves de l'Ecole. Nous espérons obtenir ainsi : l'appui des Chambres de commerce de Boulogne, Dunkerque (Gravelines), Calais, Le Tréport, Abbeville (St-Valery-sur-Somme),.. pour les citer successivement par rang d'importance dans l'armement des pêches.

Nous interviendrons de même auprès des différentes villes maritimes et des départements du littoral, à l'effet d'obtenir des subventions destinées à assurer d'abord l'organisation, et plus tard le fonctionnement de l'Ecole pratique des pêches. En échange de l'assistance fournie par les municipalités, l'Ecole organiserait dans les ports, comme nous l'avons déjà dit, des explications et démonstrations pratiques pour les pêcheurs adultes, en particulier sur l'usage des cartes et des instruments nautiques, sur la confection et l'entretien des engins de pêche, sur les modifications nouvelles du gréement de pêche, etc. L'Ecole serait naturellement ouverte aux élèves originaires des villes ayant participé à la fondation, dans une proportion à fixer, pour chacune d'elles, suivant l'importance relative.

SOCIÉTÉS POUR L'ENSEIGNEMENT PROFESSIONNEL DES PÊCHES. — Nous avons déjà signalé l'assistance morale et financière qui nous est promise, en vue de l'Ecole professionnelle des pêches à annexer à la Station aquicole de Boulogne, par la Société *L'Enseignement professionnel et technique des pêches maritimes* de Paris (*Revue du Sauvetage*, no 23, octobre 1895).

Cette Société, de formation récente, ne possède malheureusement pas encore des ressources suffisantes pour assumer toute la dépense.

D'ailleurs, l'intervention de la Société centrale d'enseignement professionnel des pêches, étendue à tout le littoral français, ne peut être absolument prépondérante dans une institution régionale appliquée à des besoins purement locaux ; il faut qu'elle s'appuie sur le concours de réunions locales ayant le même but et les mêmes aspirations qu'elle. Aussi, la constitution de sections particulières aux régions côtières intéressées dans la question de l'enseignement professionnel des pêches maritimes est-elle l'un des principaux moyens d'action adoptés par la Société parisienne dont il s'agit.

Dans les ports de pêche plutôt encore qu'à Paris, bien des habitants désirent, par charité, par solidarité ou par intérêt commercial, porter assistance à la population maritime et à l'industrie des pêches.

Dans la région du Nord de la France que nous avons en vue, la formation d'une *section* de « *L'Enseignement professionnel et technique des pêches* », permettrait à ces personnes charitables ou bienveillantes, de satisfaire à ce désir d'une manière utile et profitable.

Cette création pourrait être tentée, croyons-nous, sous le patronage des Syndicats d'armateurs de pêche de la région.

La section, rattachée à la Société centrale de Paris par des liens qui n'ont rien de gênant ni d'excesssif, pourrait avoir en vue :

1° *d'aider à l'organisation d'un enseignement professionnel des pêches,* adapté d'une manière pratique aux exigences régionales.

2° *de créer, dans la limite des moyens de l'Ecole pratique des pêches, un service d'informations et de renseignements utiles aux pêcheurs et aux armateurs* et relatifs aux déplacements du poisson et à la situation des lieux de pêche momentanément profitables, aux nouveaux modes de pêche, aux perfectionnements apportés aux engins de pêche, aux besoins des marchés français et étrangers, avec l'aide de nos consuls du littoral de la Manche et de la Mer du Nord qui seraient tenus en rapports constants avec l'Ecole. Ce service de renseignements a déjà été réclamé par les Chambres de commerce de Boulogne, Dunkerque, Le Tréport, Dieppe, etc...

Le montant des ressources de la section serait affecté chaque année aux besoins de cet enseignement professionnel, conformément aux statuts et d'après les indications du Comité d'administration, après avis des comités locaux institués dans chaque ville maritime intéressée. La section participerait ainsi, au gré de ses représentants, aux frais d'études, aux frais de renseignements (dépêches relatives à la marche de la pêche, aux marchés, etc...), et aussi au recrutement des élèves par l'institution de bourses d'entretien accordées au concours dans différents ports.

« 3° Assurer le recrutement des élèves de l'école. »

Les frais d'entretien des apprentis élèves de l'Ecole pratique des pêches maritimes peuvent être estimés pour chacun d'eux à 500 ou 600 francs par année.

Il ne faut pas se dissimuler que, dans la population maritime, le recrutement de ces élèves sera rendu difficile par l'impossibilité dans laquelle se trouveront beaucoup de pêcheurs de payer pour leur fils une pension aussi élevée, en se privant encore du léger salaire attribué aux mousses à bord des bateaux de pêche.

Mais la même difficulté ne s'est-elle pas élevée, à l'origine, devant les ouvriers agricoles lorsqu'on a songé à organiser les écoles d'agriculture et d'horticulture aujourd'hui si prospères.

Les pouvoirs publics, assemblées départementales ou municipales, les Sociétés de diverses sortes, et de généreux donateurs ne manqueront pas, nous en sommes persuadé, d'apporter à l'enseignement professionnel et pratique des pêches les mêmes facilités qu'ils ont fournies pour d'autres institutions du même genre.

Des bourses, ou demi-bourses d'entretien seront, sans nul doute, créées auprès de l'École que nous projetons pour assurer dans une certaine proportion le recrutement des élèves.

Nous adresserons dans ce but les requêtes d'usage aux personnalités compétentes ; mais nous comptons aussi sur la prospérité de la Société régionale d'enseignement professionnel et technique des pêches pour mettre l'instruction pratique à la portée des jeunes pêcheurs peu fortunés et méritants.